| | | | |
|---|---|---|---|
| 16 | 3 | 2 | 13 |
| 5 | 10 | 11 | 8 |
| 9 | 6 | 7 | 12 |
| 4 | 15 | 14 | 1 |

Ana Estaregui

# FAZER CÍRCULOS COM MÃOS DE AVE

editora 34

EDITORA 34

Editora 34 Ltda.
Rua Hungria, 592 Jardim Europa CEP 01455-000
São Paulo - SP Brasil Tel/Fax (11) 3811-6777 www.editora34.com.br



Imagem da capa:
*Desenho de Elisa Carareto, 2025*

Capa, projeto gráfico e editoração eletrônica:
*Franciosi & Malta Produção Gráfica*

Revisão:
*Alberto Martins, Cide Piquet*

1ª Edição - 2025

CIP - Brasil. Catalogação-na-Fonte
(Sindicato Nacional dos Editores de Livros, RJ, Brasil)

Estaregui, Ana, 1987
E339f Fazer círculos com mãos de ave /
Ana Estaregui — São Paulo: Editora 34, 2025
(1ª Edição).
152 p.

ISBN 978-65-5525-254-5

1. Poesia brasileira contemporânea.
I. Título.

CDD - 869.1B

# FAZER CÍRCULOS COM MÃOS DE AVE


O poema como um círculo que se abre no espaço
(poemas 1 a 18) .......... 11
Um som que se refaz de trás pra frente
(poemas 19 a 27) .......... 33
Traduzir uma neblina traduzir um barco
(poemas 28 a 41) .......... 45
Às vezes o movimento é mesmo ínfimo
(poemas 42 a 49) .......... 63
Uma estrofe que nunca existiu
(poemas 50 a 56) .......... 73
O poema retira as palavras do mundo
(poemas 57 a 70) .......... 85
O voo é indistinto para quem voa
(poemas 71 a 79) .......... 101
Coisas contáveis coisas incontáveis
(poema 80 a 85) .......... 115
Todo voo é destino quando visto do alto
(poemas 86 a 97) .......... 125

Notas sobre alguns poemas .......... 140
Índice dos poemas .......... 143
Sobre a autora .......... 147

*'e 'e 'e 'e 'e 'e*
*'e 'e 'e 'e 'e 'e*
*'e 'e 'e 'e 'e 'e*
*'e 'e 'e 'e 'e 'e*
*'e 'e 'e 'e 'e 'e*
*'e 'e 'e 'e 'e 'e*
*'e 'e 'e 'e 'e 'e*

Canto-poema Huni Kuin

*Isto não é um lamento,*
*é um grito de ave de rapina.*

Clarice Lispector, *Um sopro de vida*

*para acordar a terra um canto*
*para acordar o canto um fogo*
*para acordar o fogo outro fogo*
*o coração sobre a terra*

# O POEMA COMO UM CÍRCULO QUE SE ABRE NO ESPAÇO

1.

nascemos sempre duas vezes
a primeira vez pelo chão
a segunda vez pelo pássaro

2.

o dente-de-leão nasce como flor
— morre para dentro
e então renasce como *plumagem*

3.

escrevo o meu nome
como você escreve — ave
quando paira no ar antes de descer
aos peixes
e mergulhar na direção da água
traçamos rotas ao nosso destino — *somos o sul*
temos cabeça e lâminas afiadas na vertical
olhamos na superfície e vemos: prata puro e azul
corrigimos a posição do ataque
considerando a refração da luz
temos a mesma inicial: A
e os gestos que desaparecem no espaço
recebo na língua o seu bico apontado a gerações
uma palavra é uma ave
uma palavra é então um vento
quando escrita à luz do dia
primeiro como unha gravada na água
depois a unha gravada no peixe
e então o peixe escrito no pássaro

4.

talvez a gente escreva sempre as mesmas coisas
e esteja sempre na direção de um único poema
aquele da preparação da casa
aquele que procura na palavra sombra
o istmo de claridade
e deseja fazer da palavra água uma palavra
inexaurível
que é o que ela é: as infinitas formas
de uma mesma coisa

5.

inscrevemos os pés ao lado da primeira marca
temos o mesmo peso: animal animal
nossas patas se sobrepõem no tempo
os dedos afundam igual a nós
formamos desenhos abertos, preenchemos a terra
com o duplo gesto de marcar-desfazer
aprendemos que a escrita pode ser
uma força que se apaga enquanto se faz
são diálogos breves os que cravamos no chão
a minha pata encontra a sua neste instante

6.

com a mão mais mansa
aquela com que se conduz alguém
se oferecem sementes se acaricia um cão
também se ateia o fogo —

7.

com a palavra — *terra*
voo a prumo
o mesmo olhar da ave

8.

o coração assopra coisas indecifráveis
dá a ver aquilo que vê
uma batida por uma batida
um repouso por um repouso
sem os olhos ensina a pensar
como pensam os poemas
como pensam os bichos
na mudez não há o que desvendar
saber o mistério é repetir o mistério
a poesia escreve quando escreve

9.

primeiro perguntamos aos pés
pela vaga lembrança do tremor
em qual memória da sola se desenharam
mesa escada e árvore
nos caminhos rachados pelo fogo
podemos enfim saber:
*acendemos as luzes, somos as luzes*

*

depois perguntamos aos olhos
pela fundura do campo
canais que se abrem em veios
para dentro e para fora
que nomes damos ao vento
enquanto dançamos
e eles disseram: *duração*

*

indagamos então aos cabelos
pela nascente da água
que sentidos dar à alegria
e eles disseram para olhar as células
que nascem e nascem e se movem
*são um sistema de música*

*

perguntamos à pele às unhas
perguntamos ao cérebro as relações
entre as mãos e o tato
querer e fazer — qual a faísca do sim?
e elas disseram como diria um leão
enquanto lambe as garras depois de comer
*morder também é uma escrita*

*

perguntamos ao sangue
pelo nome próprio dos velhos
quais palavras continuam
no arco intáctil do futuro
significando de novo e de novo
e ele disse: *o que há de vir*
*já está se cumprindo*

*

por último
perguntamos ao coração
o motivo do estilhaço da forma
e ele não disse nada
apenas estancou por um átimo
reorganizando mãos e peito
em forma de estuário

10.

desaprender o próprio nome
é uma forma de lembrar
escrevê-lo no ar para sumir
sob uma abóbada gasosa
um pensamento sem contorno
*confiar no olho do futuro*
fora do tempo as coisas fluem
estão e não estão
são ao mesmo tempo pessoa e pássaro
cabem na mais ínfima partícula

11.

habitar a paisagem como um livro — com as mãos
habitar a escrita como a dança — com mãos de ave

## 12.

que em outras línguas seja possível
dizer as coisas de outra forma
como se diz *mariposa* em vez de borboleta
e que *sueño* possa ser sinônimo de sonho ou sono

que seja possível dizer *casa*
que seja possível dizer *instante*
ainda que essas coisas não existam

aprender uma nova língua
não pelo que ela promete ensinar
mas por aquilo que ela esconde

não é possível dizer o futuro
não há singular não há eu não há sequer
a palavra *arte* ou *deus*

línguas sem centro
línguas sem sujeitos assertivos
que ganham morrem ou choram
a perda de alguém

é como um rezo: olhar o papel à contraluz
ler apenas o significante
palavras encadeadas em ritmo
como fazem os loucos quando cantam
ou como a sophia
que morreu dizendo coisas sem sentido

## 13.

é preciso ter cuidado ao usar
a palavra *amor* num poema
desviar do sentimento romântico
da pele do tato do coração batendo veloz demais
recusar as vias aéreas a cartilagem
o acúmulo de bile na boca
mas procurar no roçado áspero das mãos
quando recolhem os tubérculos

talvez manusear outro artefato no lugar
algo que se precipite em pencas ou bagos

é que a palavra escorre como pano sujo
requer alguns demolhos pra soltar o sal
que a impregnou
talvez no máximo seja possível balbuciar
um amor de pedras ou de crustáceos
alguma coisa mais subterrânea
que ainda emita um som incomunicável
a voz do musgo quando diz *profusão*
a voz da madeira quando diz *astronomia*

em guarani a palavra *nhe'ẽ* significa *fala*
e também pode ser traduzida por *espírito*
não há distância entre fala e espírito

a palavra *ayvu* é a palavra que significa *palavra*
e também pode ser traduzida por *amor*
não há diferença entre amar e falar

como fazer então com que estas palavras
as mesmas com que dizemos lâmpada
bom dia me desculpe
possam não ser apenas lâmpada
bom dia
me desculpe

## 14.

ninguém pode escrever o bicho
é o bicho que se escreve a si mesmo
no mundo e pelas águas
cria rastro forma poeira
desenha círculos pela terra

um bicho é uma aparição
o um-bando que se desfaz em neblina
deixa-se entrever
pequeno refúgio de vida oblíqua

ontem uma cachorra mordeu o meu rosto
escreveu em mim o seu modo de dizer — *matilha*
o seu modo canino de dizer espaço
um jeito surdo de dizer destino

depois não dissemos mais nada
com mãos patas e palavras sabíamos
nosso nome é nosso reino
ainda que se desmanche

## 15.

carrego este pássaro nas mãos
como quem carrega uma palavra irrepetível
— qualquer palavra é sempre outra e jamais
consciente do risco que há — tudo é tênue
ao próprio destino: um coração a bater
carrego-o como quem maneja o fogo
sabendo que pode escapar
como uma música que se dissipa
e pode ser cantada muitas vezes
por muitas bocas

## 16.

*para a memória viva de Tuíre Kayapó,*
*que carregava um canto muito antigo*

um dia alguém escreveu um poema de ameixas
e as ameixas nunca mais foram as mesmas

um dia alguém pintou maçãs sobre a mesa
essas maçãs viraram uma outra coisa
algo que vê e é visto — com face e dorso
isso devolveu a visão a si mesma: um agora-agora
puro pensar em rebatimento

outro concebeu a água em mil pinceladas
de rosa azul branco amarelo vermelho
fez a unidade propagar
e a transparência virar cor

e teve aquela que falou pela voz da faca
a voz incorruptível do metal quando encosta na pele
essa palavra tinha a força de duas águas
como certos animais
que emitem o som do seu próprio nome

17.

pao ding é um exímio açougueiro
excelente na técnica de esquartejar bois
pao ding diz que não confia em seus olhos
tampouco confia em sua faca
ele apenas deixa que seu braço o guie
sem conhecer tendões fibras ou ossos
é o corpo que lhe mostra — é por aqui
*esses são os vazios que se pode adentrar*

## 18.

*seus poemas*
*como gansos selvagens,*
*desprendem-se da margem*

Gary Snyder

estamos a fazer círculos com as mãos
aprendemos a escrever o tempo em gestos
enquanto erguemos os braços e movemos escápulas
notamos: *há uma harmonia secreta*
*entre as conchas e a cordilheira*
há um arco entre o vento e as garoupas
a casa os astros as estalactites
ao dançar produzimos formas de dizer
parentescos com as árvores
vínculos com os insetos

mover já não é útil, mas a justa repetição
de movimentos anteriores

tal como as baleias que fazem espirais em fibonacci
ou os elefantes que falam por trepidação

é como segurar entre os dedos pequeninas escamas
[brilhantes
e pressentir — é uma abelha é uma penugem
é uma palavra

# UM SOM QUE SE REFAZ DE TRÁS PRA FRENTE

19.

que alguém tenha escrito um dia: *deixe estar*
que a criança quando desenha coloque bocas e olhos
[em tudo
nuvens plantas sol uma árvore
que a palavra *natureza* não faça sentido
porque tudo o que conseguimos imaginar
cristais e sóis, machadinhas e caliandras
é, afinal, natureza
e assim poderíamos facilmente dizer
mundo cosmos tudo ou coisa nenhuma

e que ao murmurar a palavra
— *natureza* —
seja possível escutar
um som que se refaz de trás pra frente
pena a pena
raiz a raiz
fogo a semente a bicho
e se reconstitui no ar
em corpo arisco

20.

somos feitos de tudo o que vemos
cavalos deuses sorvetes uma mesa
tudo se decalca — a guerra e os lírios
tudo se mistura nas incontáveis casas sobre a casa

são como os aromas num mercado
azeites embutidos flores especiarias
nada se distingue completamente

assim poderíamos nos perguntar
devorar é o ofício de um livro em branco?

no poema o pássaro não é um animal
no poema o animal não é um animal
mas uma outra coisa
para existir o poema precisa antes se tornar
um não poema

fazer o que fazem os dedos de sedna quando caem na água
transformando-se em focas e peixes
mãos que se tornam baleias

21.

levamos uma vida para aprender certas coisas
a maioria de nós nasceu há poucos segundos
mal sabemos coordenar os passos e o coração
e já queremos entender a língua das montanhas

o fato é que algumas crianças pressentem coisas
quando tocam a superfície da água com as mãos
descobrem as palavras pelo tato enquanto outras
intuem o universo pelo peso ilógico de certas matérias
pedras que flutuam metais densos plumagem

uma delas esconde as mãos e diz: o azul
é a alma dos polvos
mas o vermelho é o coração do mundo

certas coisas podem ser aprendidas pelos pés
e outras pela imensidão justa de uma perda
um navio sumindo um iceberg que derrete

o tempo já não é o cabelo crescendo
embora também seja a sua confirmação extrema
cabelo cor centímetros brilho

e sobre a leveza alguns disseram
é saber despencar sem fazer alarde
mas também o contrário: por força daquilo
que por coincidência ou milagre
ainda se mantém de pé

22.

o verso imita a onda
não porque esta o aconselha — *faça como eu*
ele a repete não para copiá-la
mas por saber sua infinita diferença
um mar impossível de alcançar
ele a imita ao ouvi-la dizer
*faça comigo*

23.

o desejo do bicho: engolir um corpo maior
o desejo do poema: provar forças acima da lei
o desejo da forma: tornar-se outra forma

## 24.

*Com as mesmas letras se escrevem*
*os nomes dos deuses e diabos*

Adonis

escrevo suas palavras sobre as minhas
como se pudesse de algum modo
possuir o seu corpo
como se estando aqui e agora
palavra sobre palavra
pudesse produzir uma fusão — uma telepatia
como se ao pronunciar as mesmas palavras
*espadana d'água*
*olmos*
*glicínia*
pudesse fazer o poema germinar sobre a paisagem
terra sobre terra jardim sobre letra
como plantas que se fazem a partir de mudas
livros a partir de livros
e quem sabe possa ser como naquele dia
em que ouvimos pela primeira vez
o canto de um uirapuru
e na sua voz uma árvore dizia
*o meu nome é labirinto*

25.

no sonho repetimos o mesmo gesto:
inflamos-murchamos
algo aqui pode ocupar espaço
há tão pouca diferença
entre o que está dentro e o que está fora
que um furo poderia ser uma pequena virtude
um aprendizado de leveza ou um movimento
para anotar o tempo
você vê coisas transparentes, eu penso
talvez porque agora eu também esteja transparente

o mar
a chuva
o espelho também enxerga coisas invisíveis
os seus braços e pernas que caminham na areia
os meus olhos mudos de água-viva não te veem
mas posso pressentir o seu corpo vertical de pessoa

você é minha zhuangzi
eu sou a sua borboleta

26.

na conversa com o bicho é preciso
não pressupor nada
nenhuma causa nenhuma consequência
nenhum tipo de vocalização mítica
ou movimento brusco
que possa deflagrar um sentido
nada que signifique qualquer coisa
mas cheirar seja cheirar
calar calar, tocar tocar, reconhecer

não há nem mesmo o bicho
mas um feixe de sensações com dentição pontiaguda
e um pequeno desvio na artéria do coração

violência e doçura são indistintas
assim como não há no céu uma linha exata
que demarque o final do dia
e o começo da noite

olhá-lo, o bicho também encara
o seu olhar limpo convoca o meu
quer saber do pensamento
o que se esconde no mais recôndito peito
se tenho fome e o que trago nas mãos
dele só consigo pressentir

27.

dos deuses não se veem os olhos
eles estão sempre virados do avesso
abrem-se a outros universos
maiores e mais complexos
guardam as palavras que não se sabe pronunciar
ou traduzir em língua finita
cobrem-nos com palhas búzios
até os véus lhes parecem um pequeno ruído
no choque entre dimensões
talvez sejam muitos e por precaução os encubram
talvez os olhos dos deuses sejam vazios
ou preenchidos de pura luz ou pura escuridão
quem sabe sejam terrivelmente bons
para serem vistos — assim — a olho nu
ou simplesmente não seja possível
olhar de frente um olho-deus
que guarda as imagens intactas
das madrepérolas
dos pterodáctilos
da origem dos substantivos
dos pequenos corações de tudo o que vai ser
e apenas se mantêm fechados, pequenas pétalas
pequenas sementes cheias de ar

# TRADUZIR UMA NEBLINA
# TRADUZIR UM BARCO

28.

traduzir é tentar manter alguns corações batendo
carregar nas mãos um pouco d'água
sabendo antes um coeficiente de perda

traduzir uma neblina traduzir um barco
olhar e ver: isso aqui é uma estrela
com som com vento com largura
ela brilha mas antes é pura distância

olhar com olhos simultâneos
olhar e ver: isso aqui é o fim do mundo
e com sorte salvaremos a transparência

é uma montanha sem a terra
uma palavra sem a boca

## 29.

traduzir, manejar
se sobre a mesa a planta não alcança o sol
é possível empurrá-la um pouco mais para o lado
oferecer mais ou menos luz
chamá-la por outros nomes

fazer da palavra *roxa* não *púrpura* — mas *roja*

traduzir também pode ser um ganho
abrir o poema como uma fruta cheia de sementes
espalhá-las sobre a superfície do ar

por vezes há lugar onde se pode cavar uma boca

[de lá de dentro talvez seja possível dizer algo]

30.

a criança diz: é preciso enterrar os olhos na areia
enquanto esconde uma conchinha branca
o pescador enterra a tartaruga morta
recém-chegada com a maré
o longo poema está se fazendo há milênios
ressalga as palavras no interior de cada coisa
logo abaixo da superfície
a gente do mar sabe a voz que sobrevive à letra
a hora de deus é o mar depois da água
o que aparece com a ressaca

31.

as mãos pensam por minúcia
na fricção de dedo contra dedo
são forças de delicadeza e ataque
à sombra das microtemperaturas
aplicam inteligências em tampas, chaves, pele
na planura do lençol esticado
as mãos pensam melhor:
sabem como ninguém a lisura
o redondo de uma jarra de vidro
as mãos pensam no escuro
*elas sabem mais — fingem-se de cegas*
atentas ao que não é dito elas resfriam
na superfície de um livro recém-aberto
é como estar na água — elas sabem
as mãos pensam mais que a cabeça
sabem rasgar conhecem a medida exata
de agarrar, soltar, ceder

32.

tenho um pássaro no lugar do coração
carrego sementes e palha na boca
ensino espaço
em troca ele me devolve
um brevíssimo canto
regulo o meu ouvido para que ouça

33.

## NOTAS SOBRE DISTÂNCIA

antes das pedras serem pedras
e das páginas serem páginas
o desejo de lembrar da forma

*

entre a voz de quem escreve
e a voz que diz no poema
ouvem-se outras promessas

*

a seu modo
o vento — que canta
guarda a ave

*

cantar na terra
e a terra dormir

*

entre a língua e o poema
a mesma água para beber

34.

falar a flor escrita
faz ver melhor a flor no jardim
embora todas sejam muito concretas
embora quase sempre muito voláteis
escrever depura o que se vê

escrever a nuvem na página
faz perceber melhor a nuvem no céu
as suas mil consistências de vento
o que demonstram sobre desaparecer
com ou sem imagem — a suspensão
os seus modos de vaporizar

escrever a forma das coisas
escrever o sono
escrever o pássaro
não o voo
não as penas
não a altura ou a velocidade

há muitos modos de ver
saber o seu coração de ave
coincidir em sua linguística

grafar alguém que sabe planar
alçar o fluxo para escrever contínuo

cantar as palavras e marcar cada sílaba
refazendo o mesmo gesto —
cada palavra é aquilo que diz

35.

a escrita das árvores confunde as posições
alto e baixo não se distinguem
em seus poderes — dentro e fora — tudo se parece
a escrita da árvore é limpa
como o seu pensamento é limpo
as árvores falam por hexagramas
e escrevem longo: repouso, movimento, luz

36.

uma baleia flutua no mar
e sobre ela dezenas de aves marinhas
rasgam bico a bico o seu imenso corpo azul
se alimentam da pele e da capa de gordura

a baleia é agora uma ilha perfeita no meio do oceano
ao redor da qual um novo ecossistema nasce

pássaros e peixes passarão a habitá-la
alguma tartaruga poderá se esconder entre as nadadeiras
musgo e pequenos crustáceos se acumularão
até que seus ossos naufraguem por completo
fundando abaixo de si uma *cidade branca*

a morte talvez seja isso
o movimento de se espalhar em mil partes
virar alimento de aves aprender a cantar

*venham pequenos pássaros*
*venham pequenos peixes*
*o meu corpo é agora uma casa*
*o meu corpo é agora a sua casa*
*aqui vocês podem morar*

37.

desenho a palavra *tamanduá*
prestando atenção a seu movimento longo
ao seu corpo contínuo, seu tamanho
e o comprimento da cauda marrom
em que o "a" acentuado não é detalhe
mas sim uma extensão horizontal
como se o corpo fosse ainda mais além
e veja como é estranho alguém dizer
que ele é um *anteater*
como fica o tamanho o caminhar
o focinho de tromba em justo equilíbrio com a cauda
e o que significa dizer que este pequeno deus marrom
é um comedor de formigas?
onde está seu peso sua forma de habitar em cabana
pura gangorra de um reino improvável
do qual os humanos ignoram os sentidos?
e onde fica guardada a sabedoria da tromba
e os olhinhos minusculamente atentos
ao menor mover-se da paisagem?

38.

se pudéssemos enxergar com a mesma nitidez
do beija-flor — batendo pálpebras como asas
talvez percebêssemos o mundo voando para trás
quem sabe escutássemos
*tudo é voo e tudo diz voo*

o animal de todas as direções
é como os poemas
carrega no peito a flor dos ofícios
na sua língua não há separação
entre pássaro e flor
— é o néctar que os une

se fizéssemos como ele
e repetíssemos seus acenos inclinados
palma a palma como se pairássemos
quem sabe aprenderíamos
a prever o futuro no ritmo do corpo

## 39.

*Era uma alegria de cair sobre uma alegria de cair*
*e a alegria de cair caía sobre a alegria de ser*

Maria Gabriela Llansol

há um provérbio chinês que diz
que quando desenhamos uma árvore
devemos sentir que estamos crescendo
não sei exatamente o que isso quer dizer
mas quando entro no mar e deixo o corpo boiar
tudo flutua: cabeça cardumes céu
devagar sinto o corpo imiscuir-se
repito os movimentos das ondas
para frente e para trás
para frente e para trás
como se pudesse coincidir
por algum tempo
com o ritmo de seu corpo
como se estivesse desenhando a paisagem

## 40.

*Se observar com atenção,*
*tudo pode se tornar o seu mestre.*

Buda

as dunas exercitam a dignidade da perda
o fogo nos diz: queimar é o destino de quem dança
a raposa educa o vento a sumir e o vento
ensina à raposa o inverso das direções

das metamorfoses, esta: um rio tornar-se o mar
e ainda há os peixes com quem aprendemos a desaparecer
a dissolver nossas vozes dentro de um coração maior

sabemos tão pouco sobre o mundo
uma vida só não é o bastante para assistir às ruínas
se converterem em música
embora sim existam tentativas audaciosas
existe o coração que ainda bate
quando o cérebro já não pulsa
agricultores que semeiam árvores no semiárido
borboletas que levam gerações para completar
uma rota de migração intercontinental
flores que aguardam séculos por uma brecha do clima
para florir em pleno deserto de sal

41.

alguém que decida escrever a palavra pássaro
terá antes de atravessar um túnel cheio de sons
afastar os corpos cegos que se chocam no ar
vê-los colidir em anteparos transparentes
precisará certamente riscar
alguns números da lista
aqueles que gorjeiam em exílio
os que são nítidos demais, inertes demais
os que voam muito alto para depois despencar
para colocar a palavra pássaro num poema
é preciso antes abandonar os princípios da leveza
abdicar daqueles que dançam no paraíso
esquecer do próprio voo para que um outro voo surja
maior e mais noturno
deverá primeiro aprender o poema 1
o das montanhas para montanhas
aquele cujo texto se conserva em branco
ainda que pese como o céu sobre os ombros

# ÀS VEZES O MOVIMENTO
# É MESMO ÍNFIMO

42.

poemas são formas concisas de anotar
uma rã que salta, uma pessoa que caminha
um bambu que oscila
às vezes o movimento é mesmo ínfimo
um salgueiro que ainda é verde
— a água continua a brilhar

43.

há sempre uma violência no coração do poema
algo que se excede — alguma coisa que se precipita
o que quer ser dito o gesto num relâmpago
o ritmo a criar espaço, tanto faz o que será — gaivota ou
[bandolim
não são as palavras, potes vazios, que aguardam sentidos
mas os sentidos que desdobram formas barcos constelações
é então que surge: uma nadadeira
vibrando na mansidão submersa da escrita

## 44.

em madagascar há uma tradição antiga
chamada *virada dos ossos*
é um ritual fúnebre que envolve a exumação
dos corpos de antepassados

de tempos em tempos
os parentes vivos revolvem os ossos no caixão
retiram, limpam e depois dançam com eles

quando dançam eles sabem
a cabeça fica pássaro
a pessoa fica pássaro
o coração se duplica

é dançando com os ossos antigos
que eles se comunicam
dizendo coisas na língua comum
promessas sob as linhas finas — uma trégua
onde escrever é calar

45.

agnès varda pensava a alegria
como um equilíbrio de forças
um pedaço de queijo com geleia de laranja
presunto com melancia, tristeza e energia juntas
compondo uma terceira coisa

como uma cena de filme em que se enquadra
um punhado de frutas amarelas
envoltas em tecido roxo
num pequeno cesto de vime

ou quando se escolhe uma palavra
que por ser excessivamente doce
precisa de um contrapeso para não enjoar

acercar a palavra *amor* da palavra *cólera*
envolver a palavra *inferno* em música

para o tao isso é aprender a proximidade primitiva
entre o sim e o não
a serenidade e a indiferença com que a água
em repouso — reflete a paisagem

é também como aceitar os dias tristes
as ondas quentes e frias do mar
tocarem ao mesmo tempo o peito

*a calma dos dias cinza*
*a calma dos dias de sol*

46.

ela era forte como os músculos
das pernas de uma mulher
podia escalar alturas e carregar pesos extraordinários
agachar-se no silêncio sem acordar ninguém
mas o melhor de tudo é que sabia carregar outro corpo
com a delicadeza de quem suspende o mundo
amortecendo-o
para fazer dormir seu filhote

47.

às vezes os papéis se invertem
minha mãe e minha filha se misturam
somos muitas e dizemos
*é preciso retornar à água*
elas me abraçam com seus braços firmes
e suas guelras enormes
e dizem: vem cá, minha filha, deita no meu colo
não sei onde começa uma e termina outra
barbatanas uma trança línguas
numa boca cheia de dentes uma delas diz
*sou a rainha da lava*
enquanto a outra se enverga em pedra

48.

sem nenhuma estridência
caminham quase sem produzir ruídos
movem poucas coisas pelo caminho
e trazem apenas o necessário — uma faca e bons olhos
confundem a paisagem com seus espectros em eco
andam na terra como se fosse o ar
e escrevem leve com os pés
*onde houver flores haverá deuses*

49.

é pela respiração que se fundem
espaço interno e externo
enquanto respiro estou mais próxima
*ao mundo — sou o mundo*
respirar é retornar ao espírito
agora somos todas essas: nós que respiramos
todas as que vivem aqui
essa que quebrou uma jarra de louça
aquela que enxerga com um olho só
as que gostam de mergulhar na água gelada
e até mesmo aquela outra
que se sente mais falcão
do que mulher

# UMA ESTROFE
# QUE NUNCA EXISTIU

50.

a alguns poemas podem faltar partes
uma estrofe que nunca existiu
uma palavra fantasma que ecoa ao fundo
trilha contínua, palavra cortada que perdura
os pedaços podem ser avistados de relance
em outros poemas
entre uma e outra frase
com entonação mais ou menos grave
no rumor fino da chuva ou no parapeito da janela
o poema também pode se fazer por negação
tornar-se aquilo que lhe falta
como o amante na coisa amada
viúvo em luto que começa a dançar
a história quando literatura
ou como aqueles pássaros que parecem azuis
mas apenas refletem o céu
como se fossem mesmo
um animal azulado

51.

à altura dos olhos da águia
ver com os olhos da águia
os *pensamentos-pluma*

## 52.

há dias em que repouso e movimento coincidem
um livro que se abre na página exata na hora exata
luz que incide sobre a letra na palavra *pouso*
estar é estar em movimento
saber é se deixar fluir no curso do mundo
como um galho boiando num córrego
ou um urubu que adentre uma corrente de ar
é uma voz que responde a um oráculo
à semelhança do vento
o movimento às vezes permanece calado
— dentro do repouso —
é como música que se preserva intacta
do lado de dentro do poema

53.

perceber a coisa como se fosse possível tocá-la
por vias moleculares, irradiações
atravessar a membrana invisível
e chegar ao coração da coisa
*sim é aqui — o corpo diz*
é como um pequeno altar
diante do qual nada se faz
não há nenhuma língua
apenas saber que as coisas se fundem
a certas temperaturas
os átomos das mãos ficam iguais aos da casa
chegar ao coração da casa
chegar ao coração da mobília
talvez não haja tanta diferença entre
estar e não estar — ser a noite, ser o dia
escrever palavras ou tocar a terra
com os dedos das mãos

54.

usamos pássaros porque não podemos
tocar o fogo com os dedos
com fumaça fazemos palavras de ar
empurrando as vozes para o alto

assim uma coisa pode dizer outra
estar em seu lugar por um tempo
tornar-se essa outra coisa

sabemos que pescar e velejar são pescar e velejar
são manejo e mar — músculos e vento — práticas do
[espírito

é como descascar a fruta na direção da fibra
tudo converge num movimento fluente — desliza

escrever *lince* querendo alongar os olhos
escrever *planície* querendo dizer deus

55.

trocar os dias de sol
por palavras de claridade
produzir uma mariposa ao contrário
com o rigor e a lucidez dos que fitam a luz
    sabendo-se em delírio
    sabendo-se semelhante
indistinguível dos minérios
trocar o aberto da noite
pela noite menor das aparições
regressar da loucura cruzar
a rebentação

56.

*são breves as coisas que os lobos escrevem*

*

a loba quando pisa na terra
é a mãe da terra
e quando dorme, torna-se sua filha

*

somente os lobos cinzentos
conseguem ouvir
o canto bilíngue da montanha

*

lobos são caçados
para que seus olhos virem amuletos
*imagens de sorte*

*

os dentes brancos e limpos
do lobo
a morte limpa do pequeno roedor

*

os lobos velam os corpos de seus mortos
caminham em círculos no escuro

*

a pelagem do lobo é o lobo
as garras do lobo são o lobo
a cauda do lobo é o lobo
os olhos do lobo, eles são outros lobos
são a noite — quando se rompe

*

sobrepor as mãos às patas do bicho
não fará de você um lobo
é preciso mais, o inverso

*

fogo é palavra que se sustenta no ar
o filhote sonha ser uma fagulha
e seu coração canídeo se desfaz

*

o lobo é invisível
assim, traçar um círculo no chão e esperar
para que apareça, intacto, um cristal

*

um lobo é uma força
uma dança indócil

*

um preceito do deserto:
maquiagem forte
para uma festa de lobos

*

para se irmanar ao lobo
fazer do peito sua morada
dar-lhe um nome: *caça estrelas*
esperar que te coloque para dormir
às vezes com medo, às vezes sem
e quando puder, olhá-lo de frente
— olho a olho a linha sem desvio —
será então um deles: *devoração*

# O POEMA RETIRA AS PALAVRAS DO MUNDO

57.

as mãos sobre algo: a soma do mundo mais as mãos
a palavra sobre o papel: o mundo menos aquela
[palavra
o poema retira as palavras do mundo

*

a mão escreve o lugar — a casa onde se faz o nome
não o que se diz, mas a imitação de dizer
escrever não é ato é movimento

*

escrever um poema
só para acomodar a palavra
*alvéolo*

e então respirar

58.

um velho copia a forma das coisas
desde criança desenha animais e plantas
seres marinhos insetos e vulcões
dizem que já esboçou milhares de vistas do horizonte
e seus dedos envergaram na forma do lápis
agora que está velho é capaz de pressentir com acuidade
o crescimento lento das coisas e a proximidade da morte
ele diz que pode sentir nos ossos as coisas degenerarem
a cada dia o velho fica mais cego e quanto menos ele vê
mais ele sabe o quanto tudo se assemelha

59.

para conhecer alguma coisa de verdade
é preciso antes saber perdê-la
não como se perde de vista uma caneta ou uma ilha
mas aprender do escuro o seu modo de ser
assimilar a coisa às cegas
perder a sua visão

como quem aprende a desenhar a paisagem
a pegar num lápis e entender a dureza
o mineral imprimindo luz por tons de cinza
ela se faz pelo avesso — um apagamento
conhecer um poema é soltá-lo

60.

o olho aprende as distâncias
sem necessariamente tê-las experimentado
vê um horizonte repousar no final do verso
e se lança: o poema diz coisas sem conhecer
apenas salta e agarra
risca no papel um deserto impossível
de dizer: é um apanhador de flores

## 61.

*aos botos do Lago Tefé*

pinçar na delicadeza de um osso
— uma vértebra triangular de boto —
um pássaro perfeito de asas altas
cauda e bico longo
o que voa não é o animal, mas sua voz
que agora pertence ao lado aberto da história
estrelas que cintilam no fundo da água

62.

não sei se foi a água-viva que sonhou
com um pulmão inflado
ou se foi o pulmão que se lembrou
de quando podia ser anfíbio
estar e não estar na água
encher-se esvaziar-se
como uma jangada
uma boca à deriva

63.

falar é sempre um mistério para quem fala
ninguém sabe ao certo como a palavra virá ao mundo
mais forte — mais justa — menor
tenho medo de perder a coisa
então às vezes não digo
embora saiba que a palavra sempre se perde
quando pronunciada
a infinita distância entre o pensamento e a letra
da surdez ao que se escuta
da letra à língua da língua ao ar
a palavra proferida é sempre outra

prefiro adiar a palavra
até que perder seja guardar

64.

quem diz *breu* diz *apetite*
as anciãs assopram: somos da família do vinho
nascemos em consonância com as sombras
e aquilo que desponta no escuro da matéria

somos o mel negro a energia química
com os pés escrevemos na terra a palavra *kosmos*
quando dormimos somos a terra
quando somos a terra somos a noite
guardamos na barriga a vontade das coisas
e na cabeça os cantos que hibernam

sabemos que o impronunciável aparece
na boca de um animal ou criança
que cresce na medida do sol — à revelia

carregamos nas mãos um coração cego

65.

estico bem as patas para aumentar a área de luz
não sei bem o que é o sol mas conheço as árvores
e sinto que elas o amam e por isso o amo também
sei que a varanda esquenta ao longo da manhã
e quando fecho os olhos sou também o chão
e esse calor que vem de longe
talvez o sol seja parecido com a morte
um cheiro que se mistura com a terra e as formigas
assim meu pensamento aprende com meu corpo
aqui meus sonhos de correr são maiores
posso caminhar além do cercado
encontro caminhos pelo gosto do capim
minha alegria é isto, os aromas
sou uma forma simples: um animal do sol
posso virar uma estrela aberta no chão

66.

a palavra *ayahuasca*: um cântaro
o centro desse círculo é vazio — uma flor
um reino que se abre em olho veneno asa

a mãe da madeira é um cipó criança
são crianças feitas de água
que somem e reaparecem refeitas
em onça em folhas em
tudo parece tudo: seus dentes
e suas borboletas do espírito

navego com elas pra dentro do fogo
de lá vemos baterem os corações dos bichos
eles estão em mim eles falam por todas as bocas
muito embora não haja mais nenhuma boca
pra dizer — *vinho terra eu estrelas*

*isso já não é um corpo*
*isso agora é uma selva*
*sem lábios, sem nome*

67.

também o fogo se escuta de longe
é um incêndio que não tem fim
cruza os continentes na forma de homens
tento pousar meu coração na terra
mas a terra também enlouqueceu
*deus proteja o fogo dele mesmo*
dessa vez uma cotovia
cantou no escuro

68.

são os poemas que procuram as pessoas
e não o contrário

às vezes a escrita precisa de muitas mãos
para que as imagens possam se formar

é um dna que se decodifica
aos poucos, aos pedaços, em diferentes lugares

um texto em frações de uma língua antiga
trapos que se ligam no vazio

os fragmentos se dão a ver como miragens
— que surgem por vislumbre —
*o poema está sob o poema*

69.

os poemas não pertencem a ninguém
eles apenas pairam entre as cabeças
são mariposas voando atrás de claridade
— até que alguém os ouça
delicados, podem partir a qualquer instante
à menor hesitação da luz

70.

que por alguns segundos
os olhos do poema possam coincidir
com os olhos de quem escreve
a retina o vento a transparência
e quem sabe até a imagem possa se alinhar
por refração aos olhos de quem lê

# O VOO É INDISTINTO PARA QUEM VOA

71.

aves aprendem a voar no voo
entram no real com imensos olhos ultravioleta
artífices de peso e velocidade a gravidade é um método
donas das cabeças — são agora um gesto concêntrico
um desenho aberto — é o ar que se enche

mais que espuma os pássaros são
o milagre de uma casa de perigos
onde não se distingue pena de ar
o voo é indistinto para quem voa

ao voar as aves já não são mais
quem eram quando partiram
deixaram de ser há milênios
é a gravidade que agora
verte em seus corpos

72.

dos aspectos — a fluidez
exercer estados temporários de forma
tocar uma coisa e por um breve momento
experimentar ser essa coisa
deitar no chão de pedra e acolher os princípios da dureza
saber o estado do metal, sua perplexidade
a aptidão de se moldar sem se quebrar
a capacidade de se fundir

repercutir as substâncias presentes no sangue
ver como correm ferro sobre zinco cobre sobre manganês
saber como sabe uma raposa
tornar-se um bosque ferruginoso
*aprender finalmente a sumir na paisagem*

73.

já não sabemos quem é quem
urso cabana lobo
de onde vem a voz ou que língua é esta
que estamos a falar agora
há força nos pinheiros
os guinchos criam clareiras
e as gargantas se desdobram
em ás és urs ushs
são os erres que retorcem o céu
em volutas dentro da boca
sons ou sopros nada é como antes
repara bem nos gestos que fazemos
respirar é falar
olhar é falar
falar é proteger
agora agimos como a fome
*somos uma iniciação à caça*
nos ouvidos podemos ser deuses
porque já nos tornamos um deles
e já não sabemos falar
como falávamos antes

74.

no meio do peito há um círculo
é nele que se aprende a suturar os cortes
a abrir espaços — criar defasagem
onde outros poderão morar

75.

um pedaço de madeira não esculpido
contém em si todas as formas possíveis
de asa cachimbo chocalho

*

o que vemos é como o cérebro decodifica a coisa
em algum momento se decide — *isto é isto*
e então a deformação distingue a forma

*

alguém que enxergue uma escrita
a morfologia de um alfabeto antigo
no risco de um animal extinto
flecha lançada ao futuro
a um outro que possa lê-la

*

um outro supõe ser paisagem: são folhagens
não vê que se inclinam na horizontal?
o corpo se mistura ao solo pelos pés
o texto é a própria superfície

*

há qualquer fronteira na atmosfera?
talvez seja um jeito de dizer: isso aqui é uma espuma
algo que ainda pode ser escrito

76.

há plumas que alcançam o sol
o caminho apreende as pernas
como a terra as sementes
para ver como eles veem, para saber
*encobre as mãos de seiva*
o cabelo e o pensamento
até que tudo se faça igual
agora tudo pode ser pétala
para ouvir como eles ouvem
trança o cabelo, desfaz a tristeza
firma o que precisa ser firmado
e o resto solta
*vê bem: palavras cruzam o ar*
indistintas das aves

77.

*Daqui em diante, vai e pensa naquilo que*
*a boca não pode dizer nem o ouvido escutar*

*Sefer Yetsirah*, IV, 16

a andorinha guarda
nas pequenas plumas do peito
um mistério azul: *verão*

*

a voz no meio do vento
oferta uma pena vermelha
o penacho é seu próprio pescoço

*

alguém disse um pássaro
é sempre um bando de pássaros

*

escolher os instintos
proteger as partes moles — o coração dos olhos
a medula ainda úmida

*

ferir antes a queratina do bico
ao peito recolhido em penugem

*

saber pela íris a véspera do empuxo
dar ao sopro um contorno aberto

*

o animal selvagem
— pequeno deus da caça
tem seus princípios

*

da semelhança aprendemos o parentesco
pelas nuvens podemos prever o chão

*

apuramos o espaço entre as mãos
e nos olhos um ponto cego
— há lugar para ver a noite ao revés

*

tudo é destino para quem nasce no ar

78.

ouve: o mar se calou
entre os lobos não se diz mais nada
entre as cobras o movimento sempre contínuo
estagnou
coisas exatas nos escapam
o que resta é a lenta respiração do deserto
o coração perecível da paisagem

79.

ao final devolveremos tudo
todos esses olhos virados para o céu
devolveremos as peles e os nomes emprestados
isso que em nós diz *estamos aqui fazemos assim*
temos estes braços e não outros
andamos sobre dois pés
moldamos cuias, bordamos magnólias
como quem demarca um território
ao redor das coisas sem voz
devolveremos tudo, o nosso rastro
que nasce dentro dos ossos
isso que nos faz caminhar
todas as estrelas usadas para traçar
as rotas de migração

# COISAS CONTÁVEIS
# COISAS INCONTÁVEIS

80.

nas primeiras aulas de inglês aprende-se
a diferença entre *much* e *many*
coisas contáveis coisas incontáveis
pessoas biscoitos dias contáveis
água açúcar tempo incontáveis
objetos muito pequenos líquidos
e sentimentos
são tidos como incontáveis
e precisam de algum receptáculo
para serem acomodados no espaço:
uma xícara um frasco uma colher
entretanto certas coisas podem variar
a depender da língua
pessoas podem ser múltiplas
o tempo pode ser medido em flores
um sentimento pode ser traduzido em pão
certas coisas contáveis em português
mobília bagagem conselho
podem ser incalculáveis em outros idiomas
algumas pessoas confundem a palavra poema
com a palavra poesia
e usam-nas como sinônimos
*ele escreveu uma poesia para ela*
ignorando o dado imensurável do termo
ignorando que poesia está mais perto da água
do que do livro

e que pode ou não estar contida no poema
os tojolabales dizem que não há nada que não tenha *yatzil*
*yatzil* é o vivo de qualquer coisa
o milho tem *yatzil*, o besouro
o cacto e o pensamento
assim dizem os tojolabales sobre o coração
que está contido em todas as coisas

## 81.

*Quando você vislumbra a verdadeira natureza,*
*pode começar a se transformar nela.*
*Sócrates diz que é o vislumbre de um deus.*

Anne Carson, *Eros, o doce-amargo*

### I.

em magritte a silhueta humana
pode ter a mesma substância do céu
uma pedra imensa flutuar
a tela branca ser da mesma matéria das ondas
assim ver o ovo é ver o pássaro

### II.

às vezes um corpo pode
dividir espaço com outro
o mesmo contorno abarcar
o dentro o fora o grande o pequeno
o grafite um diamante
— no limite dos dedos crescerão galhos

### III.

no sonho uma tartaruga oscila
sei que há tartaruga porque ela ensina a flutuar
é tênue, mas repara: o casco pode se tornar água

IV.

é como as nuvens que, em certas tardes
têm a mesma consistência das montanhas
ou como no poema do monge
que ao se sentar no topo da montanha
torna-se a própria montanha

V.

já não há margens
estamos dentro de tudo
aproximo-me da flor e vejo
a pele é como pétala

VI.

*o coração por onde escuto deus*
*é o mesmo coração*
*por onde deus me escuta*

82.

uma criança diz: *vamos cavar até a terra*

um galho
um chifre
uma concha
uma rocha

a terra é inatingível
como também a cebola e o repolho

trocamos uma concha
pela paciência de um chifre
entregamos deus a uma pedra
e à fé devolvemos as estacas
mãozinhas pequenas pelo grande vazio
da água salgada
o que temos, afinal, é isto: nossas mãos
nossa forma de aferir o mundo

83.

as casas de um povo nômade
como os maasai, por exemplo
são feitas com matérias locais
arbustos secos galhos e barro
são casas temporárias

o que determina o tempo que seus habitantes
permanecerão no mesmo lugar é o pasto
enquanto houver alimento para os bichos
eles permanecerão ali

um poema pode parecer coeso
quando lido pela primeira vez
as estruturas articuladas uma a uma
ordenadas em sequências de linhas
cortadas pelo ritmo som tempo
*como se houvesse algum sentido*
*como se houvesse algo a ser dito*

o que determina o tempo
que se poderá permanecer nele não é certo
alguns podem se sustentar por séculos
no simples mover de um músculo
outros faíscam por um ou dois segundos
antes de desaparecer

procuro pelo poema nômade
a casa que se desfaz entre as estações

## 84.

a mãe quando se despede da filha
deixa com ela algum objeto em seu lugar
para que na sua ausência a menina se sinta segura
o objeto pode ser qualquer coisa
uma flor da rua ou um laço de cabelo
algo que permaneça atado ao punho
ao longo do dia
a mãe deixa uma metáfora viva em seu lugar
um termo por outro que estabeleça entre elas
algum tipo de metonímia: uma coisa pela outra
a relação nunca é direta: caneta por palavras
blusa de frio por abraço, chocolate por doçura
e nem sempre a mãe tem algo a oferecer
às vezes ela desenha um círculo na palma da menina
e diz: esse é o meu coração

85.

pudéssemos tocar a morte com as mãos
banhá-la com ervas, vesti-la em linho cru
costurar sobre ela um longo poema com as palavras
    *lago* e *cerração*
diante do fogo olhá-la uma última vez

quando você morrer, prometo-te ao menos uma vela
um punhado de ervas e, talvez, um poema
e quando eu morrer, por favor, não se preocupe
sei dos procedimentos, das coroas encomendadas
dos copinhos descartáveis de café
do meu corpo virando a palavra *corpo*

quando eu morrer quero apenas que você guarde
uma mecha do meu cabelo — se eu ainda os tiver
[o coração será impossível de guardar]
e depois queime-a em algum lugar
seremos então este pequeno incêndio

# TODO VOO É DESTINO QUANDO VISTO DO ALTO

86.

administrar o delírio do voo — o peso exato
com a lucidez dos que nascem no deserto
cerzidos à exaustão ocular e à loucura
dos que caminham sem os pés

todo voo é miragem quando visto de baixo
todo voo é destino quando visto do alto

não há escolha — envergadura contra falcoaria
todo bicho sonha um dia ser pássaro
não literatura

87.

a música é o fantasma do poema
equilibra-se no vazio e se desdobra
ensina o poema a mover-se nas direções
a música rearranja os dias — indecidíveis
fala ao tempo em mandíbula transparente
une os lobos no fio invisível da trilha
é então uma outra dimensão da fala
aprendo com ela a esticar uma palavra
a estendê-la até que desapareça
no horizonte do ouvível
a música abriga as letras para depois perdê-las
entre as notas — andarilhas
é areia que se desintegra no final do verso

88.

quando a paineira floresce
já é o fim do verão

89.

todos os nomes podem dizer o vento
se souberem — por um segundo —
se equilibrar em fluxo contínuo

## 90.

parece simples trocar o mar
por um rio no poema
três letras e os sentidos da água escura
se movendo sobre a página
a mancha encorpada dos cardumes
algas a rebentar

deles anoto: *fundura*, *marulho*, *fluência*

são duas coisas transparentes líquidas
de igual para igual a água é

ainda se fosse a palavra *céu*
ainda se fosse a palavra *nós*

o mar é uma enunciação horizontal
entre ele todas as formas possíveis
o mar sobre o mar — a mínima água
das placas de nácar
um deserto ao contrário
puro espelho de sal

o rio corre o caminho justo — água em si
não há fora, não há discurso, o rio escoa
se o mar carrega história — cálcio e multidões
no rio nada é permanente
nem sua voz
nem ele próprio

91.

o que as árvores ensinam
— a falar pouco
e quando cantam uma ave
se abre no ar

assim disseram — é uma língua
quando elas cantam um livro
se escreve invisível
quando elas falam — as suas mãos
escrevem: *o livro aberto dos sopros*

o ar é como o ar
a criança coincide com a palavra criança
assim podem fazer como as frutas
devolver aquilo que pertence à paisagem

quando a terra se abre
é quando sussurram

*ë, aëë, ëaëë, ëaëë, ëaëë, ëaëë*

92.

a floresta escapa aos nomes
das linhas que demarcam o mapa
não existe palavra para adestrar seu fluxo
e nem folclore para uma cobra
que se incendeie no escuro

carregamos essa floresta na boca
trazendo na língua seu resíduo espesso e fibroso
um grão mínimo de voz vermelha
e nos braços a calmaria das sementes

não falamos sua língua, assobiamos
ouvimos sua pronúncia no farfalhar das cascas
e na fala opaca das cigarras
temos o corpo atrofiado
mas repetimos os mesmos sonhos
— o da água mais limpa do mundo —
aquela que nasce no fundo da terra
de um país com nome de árvore

93.

nunca pensei em cantar um poema
a escrita sempre me aconteceu pelas mãos
e pelos olhos
nunca pela garganta
escrever sempre foi olhar
um poema se fazer no ar da página
mas ontem pela primeira vez
aconteceu de cantar

passávamos sobre o rio
*o rio de águas verdadeiras*
*o grande, fundo, aquele que corre para baixo*

como se pudesse fazer um feitiço
como se ao chamá-lo pelo nome
pudesse despertá-lo de seu sono profundo —
o seu desejo de ser água:

*e e e*
*tietê*
*e e e*
*tietê*
*e e e*
*tietê*

94.

um poema não termina
até que encontre no ouvido
de quem lê
o outro que o habita
duas vozes
à procura do enxame

95.

alimento o fogo com pequenos galhos
ele responde brilhando
cada vez mais
conversamos a partir da troca
um ramo por uma faísca
uma lasca uma fagulha
na sua língua ele diz
*formas são poderes*
enquanto sublinha o escuro
com traços luminosos

96.

agora pode me chamar pelo nome: falcão
agora pode me chamar de breu coisa escura de planície
inventaremos outros jeitos de falar
como falam os que voam: por desenhos no ar

somos o tempo somos os números que se repetem
os fios que também são o rio, um movimento
uma vibração idêntica à arquitetura
na qual não há distância entre a casa e o corpo
a flecha e o destino

já é hora — agora podemos beber
o vinho libera o vapor e a lanugem
na casca a dentição — cantamos entre os deuses
escrevemos o falcão, somos o falcão

97.

no fim não é o céu quem anoitece
são as montanhas são as árvores é o lago
somos nós que anoitecemos
é em nós que se acendem coisas

# NOTAS SOBRE ALGUNS POEMAS

1. O canto-poema Huni Kuin que abre o livro foi retirado do livro *Technicians of the Sacred*, de Jerome Rothenberg. Consultei Inu Yube, um jovem aprendiz de pajé do povo Huni Kuin, e ele me disse que se trata de um chamamento; é um som que não tem um significado definível, que só a natureza compreende.

2. No poema 3, o verso "recebo na língua o seu bico apontado a gerações" faz referência a um ritual Huni Kuin denominado Hampaya. Trata-se de um ritual de iniciação que consiste em um "batismo da pimenta" e tem por objetivo desenvolver a memória, a capacidade de cantar e de aprender. O ritual utiliza o bico do pássaro *txaná* (japim) embebido num preparado de pimenta, que é então aplicado na língua do aprendiz enquanto o pajé entoa rezas e invoca a força dos pássaros cantadores.

3. O poema 20 evoca Sedna, deusa Inuit mãe dos mares e dos animais marinhos, responsável pela abundância da caça. Conhecida como Senhora do Mar, habita um submundo aquático, onde xamãs em transe desembaraçam seus cabelos emaranhados para assegurar a pesca. O mito de criação narra sua traição: ao ser lançada ao mar, seus dedos cortados transformaram-se em criaturas marinhas, coroando-a governante das profundezas.

4. O poema 22 é um diálogo com o exemplo dado por Deleuze no livro *Diferença e repetição* sobre o movimento de repetição de um nadador no mar.

5. No poema 25, o verso "onde houver flores haverá deuses", é um trecho de um provérbio do povo Orang Rimba, de Sumatra, Indonésia.

6. No poema 76, o verso "o coração por onde escuto deus é o mesmo coração por onde deus me escuta" é uma referência ao poeta e místico polonês Angelus Silesius, que escreveu "O olho por onde eu vejo Deus é o mesmo olho por onde ele me vê".

7. No poema 83 o verso "*ë, aëë, ëaëë, ëaëë, ëaëë, ëaëë*" foi retirado da história "A árvore dos cantos", contada por pajés do povo Yanomami.

# ÍNDICE DOS POEMAS

## O POEMA COMO UM CÍRCULO QUE SE ABRE NO ESPAÇO


1. [nascemos sempre duas vezes...] ........................................ 13
2. [o dente-de-leão nasce como flor...] .................................. 14
3. [escrevo o meu nome...] ................................................ 15
4. [talvez a gente escreva sempre as mesmas coisas...] ............. 16
5. [inscrevemos os pés ao lado da primeira marca...] ............... 17
6. [com a mão mais mansa...] ............................................. 18
7. [com a palavra — *terra*...] ............................................. 19
8. [o coração assopra coisas indecifráveis...] ........................... 20
9. [primeiro perguntamos aos pés...] ..................................... 21
10. [desaprender o próprio nome...] ....................................... 23
11. [habitar a paisagem como um livro — com as mãos...] ........ 24
12. [que em outras línguas seja possível...] .............................. 25
13. [é preciso ter cuidado ao usar...] ..................................... 26
14. [ninguém pode escrever o bicho...] .................................... 28
15. [carrego este pássaro nas mãos...] ..................................... 29
16. [um dia alguém escreveu um poema de ameixas...] ............. 30
17. [pao ding é um exímio açougueiro...] ................................ 31
18. [estamos a fazer círculos com as mãos...] ........................... 32


## UM SOM QUE SE REFAZ DE TRÁS PRA FRENTE


19. [que alguém tenha escrito um dia: *deixe estar*...] ................. 35
20. [somos feitos de tudo o que vemos...] ................................ 36
21. [levamos uma vida para aprender certas coisas...] ............... 37
22. [o verso imita a onda...] ................................................ 38
23. [o desejo do bicho: engolir um corpo maior...] .................... 39
24. [escrevo suas palavras sobre as minhas...] ........................... 40

25. [no sonho repetimos o mesmo gesto...] 41
26. [na conversa com o bicho é preciso...] 42
27. [dos deuses não se veem os olhos...] 43

## TRADUZIR UMA NEBLINA TRADUZIR UM BARCO

28. [traduzir é tentar manter alguns corações batendo...] 47
29. [traduzir, manejar...] 48
30. [a criança diz: é preciso enterrar os olhos na areia...] 49
31. [as mãos pensam por minúcia...] 50
32. [tenho um pássaro no lugar do coração...] 51
33. [notas sobre distância...] 52
34. [falar a flor escrita...] 53
35. [a escrita das árvores confunde as posições...] 55
36. [uma baleia flutua no mar...] 56
37. [desenho a palavra *tamanduá*...] 57
38. [se pudéssemos enxergar com a mesma nitidez...] 58
39. [há um provérbio chinês que diz...] 59
40. [as dunas exercitam a dignidade da perda...] 60
41. [alguém que decida escrever a palavra pássaro...] 61

## ÀS VEZES O MOVIMENTO É MESMO ÍNFIMO

42. [poemas são formas concisas de anotar...] 65
43. [há sempre uma violência no coração do poema...] 66
44. [em madagascar há uma tradição antiga...] 67
45. [agnès varda pensava a alegria...] 68
46. [ela era forte como os músculos...] 69
47. [às vezes os papéis se invertem...] 70
48. [sem nenhuma estridência...] 71
49. [é pela respiração que se fundem...] 72

## UMA ESTROFE QUE NUNCA EXISTIU

50. [a alguns poemas podem faltar partes...] 75
51. [à altura dos olhos da águia...] 76
52. [há dias em que repouso e movimento coincidem...] 77
53. [perceber a coisa como se fosse possível tocá-la...] 78

54. [usamos pássaros porque não podemos...] ........................ 79
55. [trocar os dias de sol...] ........................ 80
56. [*são breves as coisas que os lobos escrevem*...] ........................ 81

O POEMA RETIRA AS PALAVRAS DO MUNDO

57. [as mãos sobre algo: a soma do mundo mais as mãos...] ...... 87
58. [um velho copia a forma das coisas...] ........................ 88
59. [para conhecer alguma coisa de verdade...] ........................ 89
60. [o olho aprende as distâncias...] ........................ 90
61. [pinçar na delicadeza de um osso...] ........................ 91
62. [não sei se foi a água-viva que sonhou...] ........................ 92
63. [falar é sempre um mistério para quem fala...] ........................ 93
64. [quem diz *breu* diz *apetite*...] ........................ 94
65. [estico bem as patas para aumentar a área de luz...] ............ 95
66. [a palavra *ayahuasca*: um cântaro...] ........................ 96
67. [também o fogo se escuta de longe...] ........................ 97
68. [são os poemas que procuram as pessoas...] ........................ 98
69. [os poemas não pertencem a ninguém...] ........................ 99
70. [que por alguns segundos...] ........................ 100

O VOO É INDISTINTO PARA QUEM VOA

71. [aves aprendem a voar no voo...] ........................ 103
72. [dos aspectos — a fluidez...] ........................ 104
73. [já não sabemos quem é quem...] ........................ 105
74. [no meio do peito há um círculo...] ........................ 106
75. [um pedaço de madeira não esculpido...] ........................ 107
76. [há plumas que alcançam o sol...] ........................ 109
77. [a andorinha guarda...] ........................ 110
78. [ouve: o mar se calou...] ........................ 112
79. [ao final devolveremos tudo...] ........................ 113

COISAS CONTÁVEIS COISAS INCONTÁVEIS

80. [nas primeiras aulas de inglês aprende-se...] ........................ 117
81. [em magritte a silhueta humana...] ........................ 119
82. [uma criança diz: *vamos cavar até a terra*...] ........................ 121

83. [as casas de um povo nômade...] 122
84. [a mãe quando se despede da filha...] 123
85. [pudéssemos tocar a morte com as mãos...] 124

TODO VOO É DESTINO QUANDO VISTO DO ALTO

86. [administrar o delírio do voo — o peso exato...] 127
87. [a música é o fantasma do poema...] 128
88. [quando a paineira floresce...] 129
89. [todos os nomes podem dizer o vento...] 130
90. [parece simples trocar o mar...] 131
91. [o que as árvores ensinam...] 132
92. [a floresta escapa aos nomes...] 133
93. [nunca pensei em cantar um poema...] 134
94. [um poema não termina...] 135
95. [alimento o fogo com pequenos galhos...] 136
96. [agora pode me chamar pelo nome: falcão...] 137
97. [no fim não é o céu quem anoitece...] 138

# SOBRE A AUTORA

Ana Estaregui nasceu em Sorocaba, SP, em 1987. É poeta e doutoranda em Letras pela Universidade de São Paulo, com pesquisa sobre as relações entre natureza e escrita. Publicou os livros *Chá de jasmim* (Patuá, 2014, ProAC 2013), *Coração de boi* (Editora 7Letras, 2016, ProAC 2014, finalista do Prêmio Alphonsus de Guimaraens da Fundação Biblioteca Nacional) e *Dança para cavalos* (Círculo de Poemas/Fósforo, 2022, Prêmio Governo de Minas Gerais de Literatura na categoria Poesia). Em Portugal, publicou uma edição de *Dança para cavalos* pela Editora Língua Morta (2022) e, no Chile, *Corazón de buey*, pela Editorial Aparte (2023). Trabalha organizando grupos livres de escrita e artes visuais.

Este livro foi composto em Sabon,
pela Franciosi & Malta, com CTP
e impressão da Edições Loyola em
papel Pólen Natural 80 g/m² da Cia.
Suzano de Papel e Celulose para a
Editora 34, em outubro de 2025.